RÉMY STROBBE & MICKAËL TARDY

EL GUNTO

ESCAPE GAME

JUNIOR

L'ATTAQUE DES DINOSAURES

FLEURUS

À TOI DE JOUER !

Dans quelques instants, tu vas essayer de résoudre une série d'énigmes. N'oublie pas ces quelques règles :

TOP CHRONO !

L'objectif est d'accomplir ta mission en un minimum de temps. Choisis ton niveau de difficulté :

60 min **Débutant :** c'est la première fois que tu essaies un *escape game*.

45 min **À l'aise :** tu as déjà testé au moins un *escape game* « en vrai » ou sous forme de livre.

30 min **Expert :** les *escape games*, tu en as déjà fait plein !

Déclenche ton chrono après avoir tourné la page suivante. Bien sûr, tu peux également jouer sans limite de temps, si tu préfères !

DE QUOI NOTER

Ne te lance pas dans ces énigmes sans le kit de base de l'*escape gamer* : un crayon affûté et une gomme !

N'hésite pas à écrire, gribouiller, rayer ou entourer des éléments directement sur ce cahier, cela t'aidera.

Pour découper les outils à la fin de ton livre, tu auras aussi besoin d'une paire de ciseaux, et du ruban adhésif pourra t'aider à résoudre une des énigmes.

UN JEU D'OBSERVATION

Les pages aux pastilles vertes ne se lisent pas de manière classique, en passant de la page 13 à la page 14, et ainsi de suite : c'est seulement en observant attentivement et en résolvant des énigmes que tu trouveras le numéro de la page où se déroule la suite de l'aventure. Ne feuillette pas ce livre au hasard : tu ne dois te rendre sur une page que si tu as trouvé une réponse qui te pousse à y aller !

Enfin, si tu es sur une page dont le coin est plié, cela te donne le droit de lire une autre page : la suivante si c'est le coin droit qui est plié, la précédente si c'est le gauche.

VÉRIFIE TES RÉPONSES

À chaque fois que tu penses avoir trouvé la solution à une énigme, tu dois vérifier ta réponse ! Pour cela, rends-toi page 42 et demande à DZ13 le robot, ton fidèle compagnon, de t'aider à lire la grille de validation.

LA BOÎTE À OUTILS DE DZ13

Le robot DZ13 est là pour t'aider.

Avant le début de la mission, il t'a donné quelques objets qui te serviront à résoudre certaines énigmes. Va vite les découper à la fin de ton livre !

BESOIN D'AIDE ?

Lors de ces aventures, tu seras ton propre maître du jeu. Si tu sens que tu butes sur une énigme, tu as toujours la possibilité de demander à DZ13 un indice (pages 32 à 36, orange), ou la solution complète (pages 37 à 41, violettes). Au contraire des énigmes, le système d'aide suit l'ordre des pages : tu trouveras pour chaque page un ou plusieurs indices et une solution. Par exemple, si tu es bloqué(e) page 24, va voir l'indice qui correspond à cette même page.

Ne sois surtout pas embarrassé(e) à l'idée de piocher parmi les indices : souviens-toi qu'ils font partie du jeu et qu'il est tout à fait normal, comme dans une vraie salle d'*escape game*, de faire appel à eux.

Dans ce livre

TOP CHRONO !

Bienvenue !

Tu fais partie des forces spéciales de l'agence spatio-temporelle Y, où tu es spécialiste des missions à risque : à tout moment, l'agence peut te convoquer et t'envoyer sur le terrain pour changer le cours du temps. Une violente attaque ennemie à empêcher en 1917 ? Un homme en cavale à rattraper en 1541 ? Une amulette magique à récupérer à l'époque de la Préhistoire ? C'est toujours toi qu'on appelle !

L'agence Y ne t'envoie heureusement jamais seul(e) en mission : ton fidèle robot DZ13 t'accompagne partout. C'est d'ailleurs grâce à lui, et son portail spatio-temporel, que tu peux voyager dans le temps. Attention : à chaque fois, tu dois atteindre ton objectif le plus rapidement possible, car DZ13 est incapable de maintenir son portail actif très longtemps.

Cette nouvelle mission va t'envoyer en 2222. Des chercheurs sont parvenus à recréer des dinosaures à partir de fossiles et à ériger un immense parc afin de pouvoir les observer en milieu naturel. Mais la nuit dernière, un séisme a provoqué l'effondrement de certaines clôtures et plusieurs dinosaures se sont échappés !

Tu dois absolument rétablir l'ordre dans le parc, réparer les nombreux dégâts causés par le séisme et ramener les dinosaures dans leur enclos.

Vite, tourne la page !

LE SAIS-TU ?

En découvrant des fossiles de reptiles gigantesques, le scientifique Richard Owen a proposé de nommer ces bêtes « **DINOSAURES** ». Ce mot vient du grec *deinos sauros*, qui signifie « terrible lézard » !

DZ13 et son portail spatio-temporel viennent de te déposer au cœur de la ville, près du parc naturel. Il est immense ! Dépêche-toi d'y entrer !

On a besoin d'aide dans le secteur B. Les clôtures se sont effondrées et tous les carnivores se sont échappés ! Fais vite !

TA RÉPONSE :
....
24
N
PISTE D'ATTERRISSAGE
HÉLISURFACE D'URGENCE
AIRE DE LANCEMENT (direction Mars)
TOILETTES
RESTAURANT

Tu as identifié les bonnes empreintes et suivi le chemin.
Le tricératops est forcément là !

LE SAIS-TU ?

Le TRICÉRATOPS est sans aucun doute l'un des dinosaures les plus célèbres. Il faisait la hauteur d'une maison de deux étages, pesait le poids de deux éléphants et était aussi long qu'un bus !

Tu as pris le bon chemin et réussi à semer les carnivores qui étaient à tes trousses, ouf ! Te voilà à l'abri dans le laboratoire ! Malheureusement, la porte de sécurité est fermée.

Super ! Il ne te reste plus qu'à utiliser les drones munis des appâts pour attirer les dinosaures dans les bons enclos !

TA RÉPONSE :
....
HERBIVORES

Tu as réussi à trouver le tricératops et à attirer l'attention des carnivores vers toi pour qu'il puisse s'enfuir. Tu ferais mieux d'en faire de même !

Choisis un chemin de béton pour courir plus vite, de préférence étroit pour compliquer la tâche aux gros carnivores, et bordé d'au moins deux variétés de plantes différentes pour brouiller les odeurs.
29
14

Bravo, tu as réussi à reconstituer le badge et à ouvrir la porte de sécurité. Mais les dinosaures sont juste derrière, on les entend grogner. Leur force suffirait amplement à détruire cette porte si tu ne fais rien...

TA RÉPONSE : ....

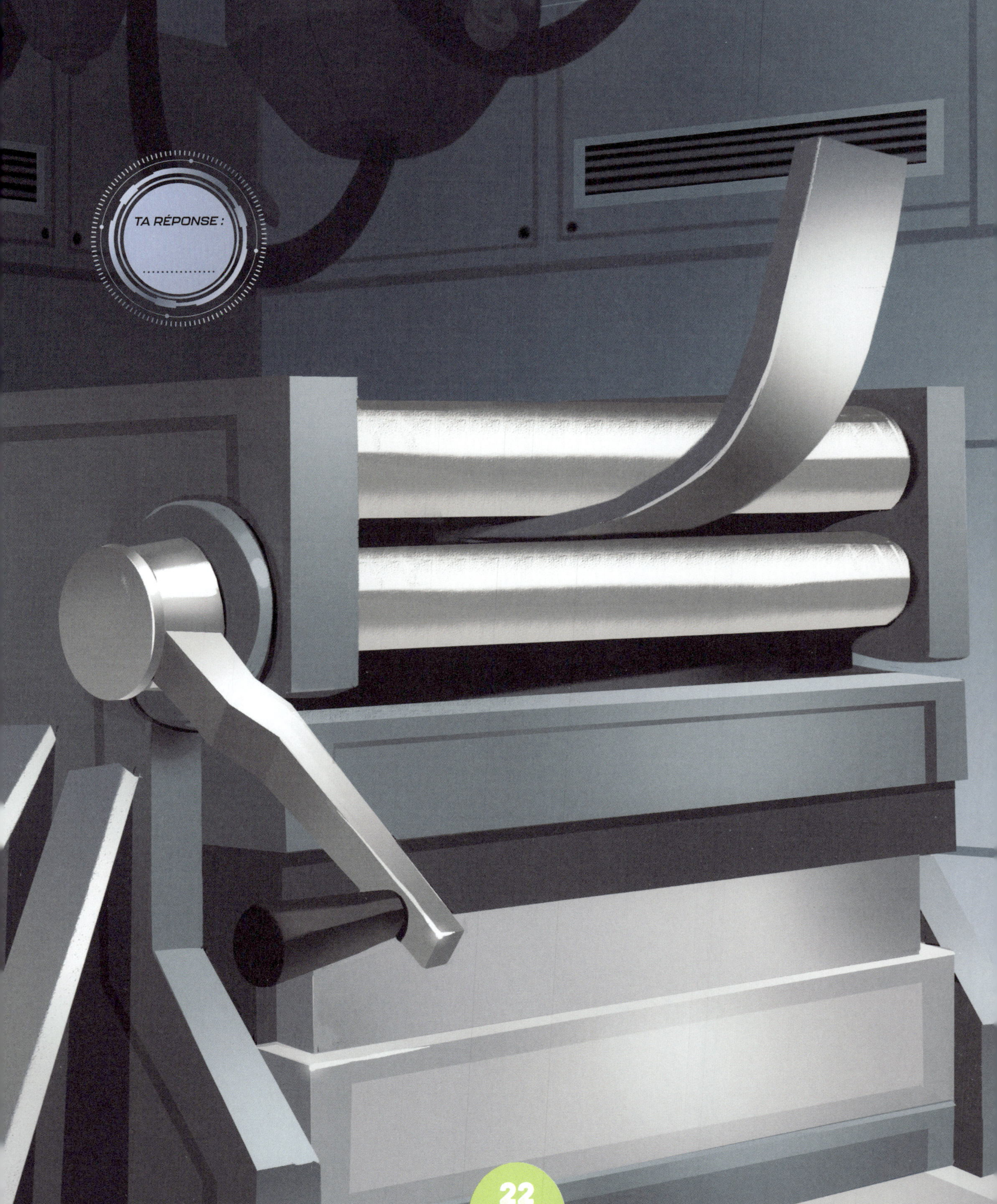

Vite, il faut te barricader !

Tu as couru dans la bonne direction et trouvé le secteur B, bravo ! Le séisme a fait de nombreux dégâts. Avant de conduire les dinosaures vers les enclos de sécurité, il faut à tout prix réparer ce boîtier électrique, sans quoi tu ne pourras pas fermer les enclos.

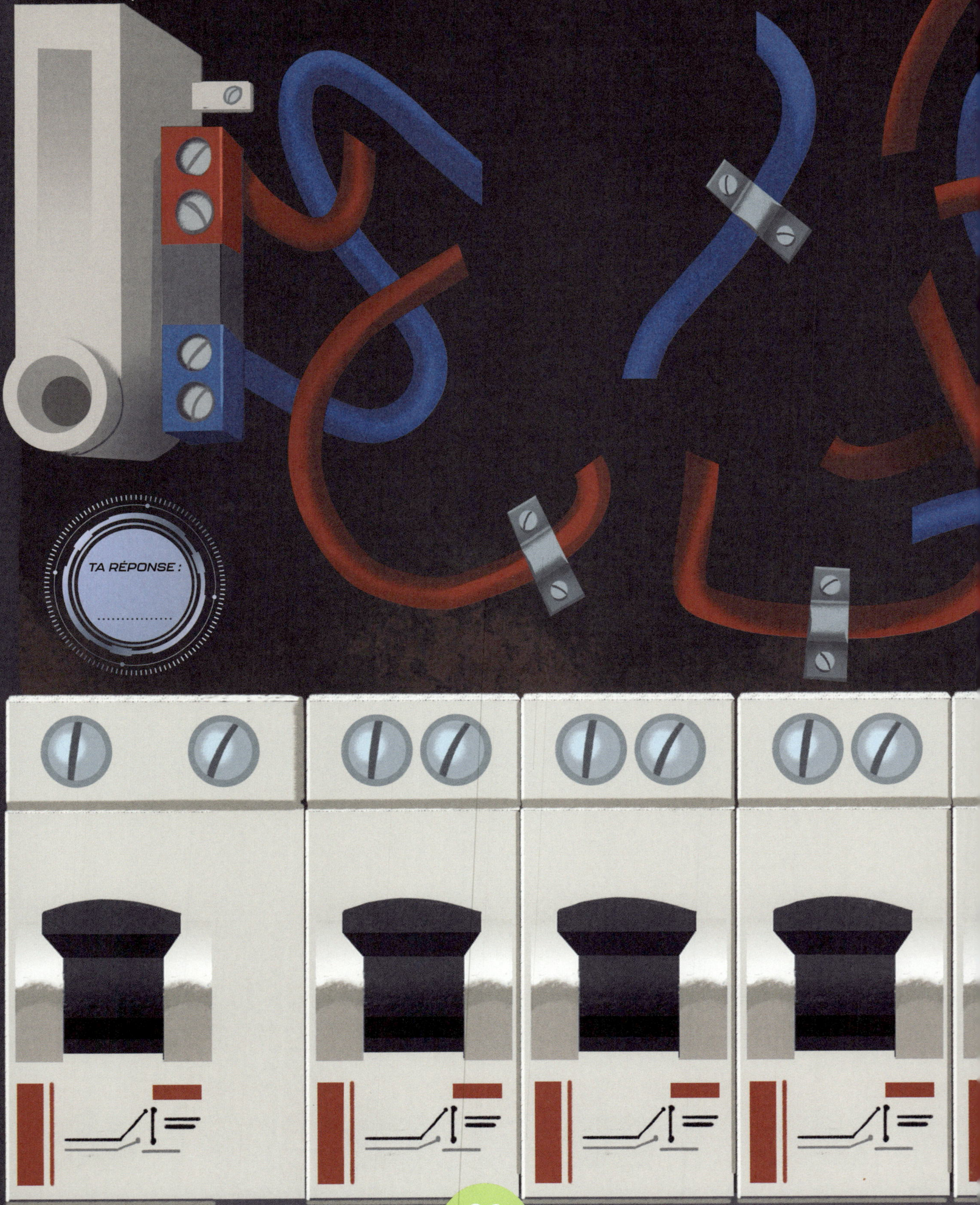

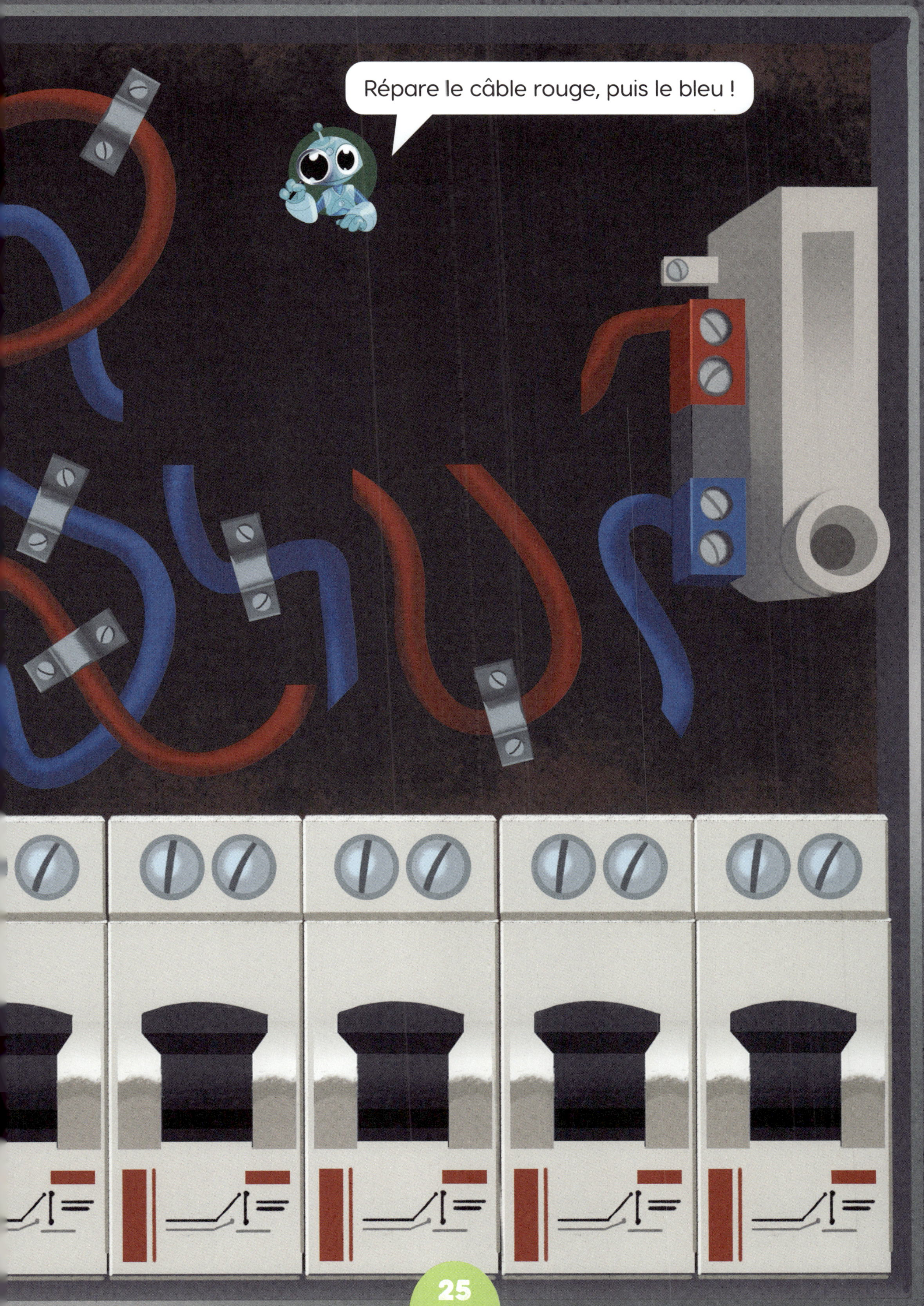
Répare le câble rouge, puis le bleu !

Te voilà en sécurité. Il faudrait maintenant trouver un moyen de conduire tous les dinosaures vers leurs enclos.

C'est ici qu'est fabriquée la nourriture des dinosaures. Celle des herbivores est déjà prête, tu pourras l'utiliser plus tard, pour attirer le tricératops dans son enclos. Il te faut en revanche fabriquer celle des carnivores.

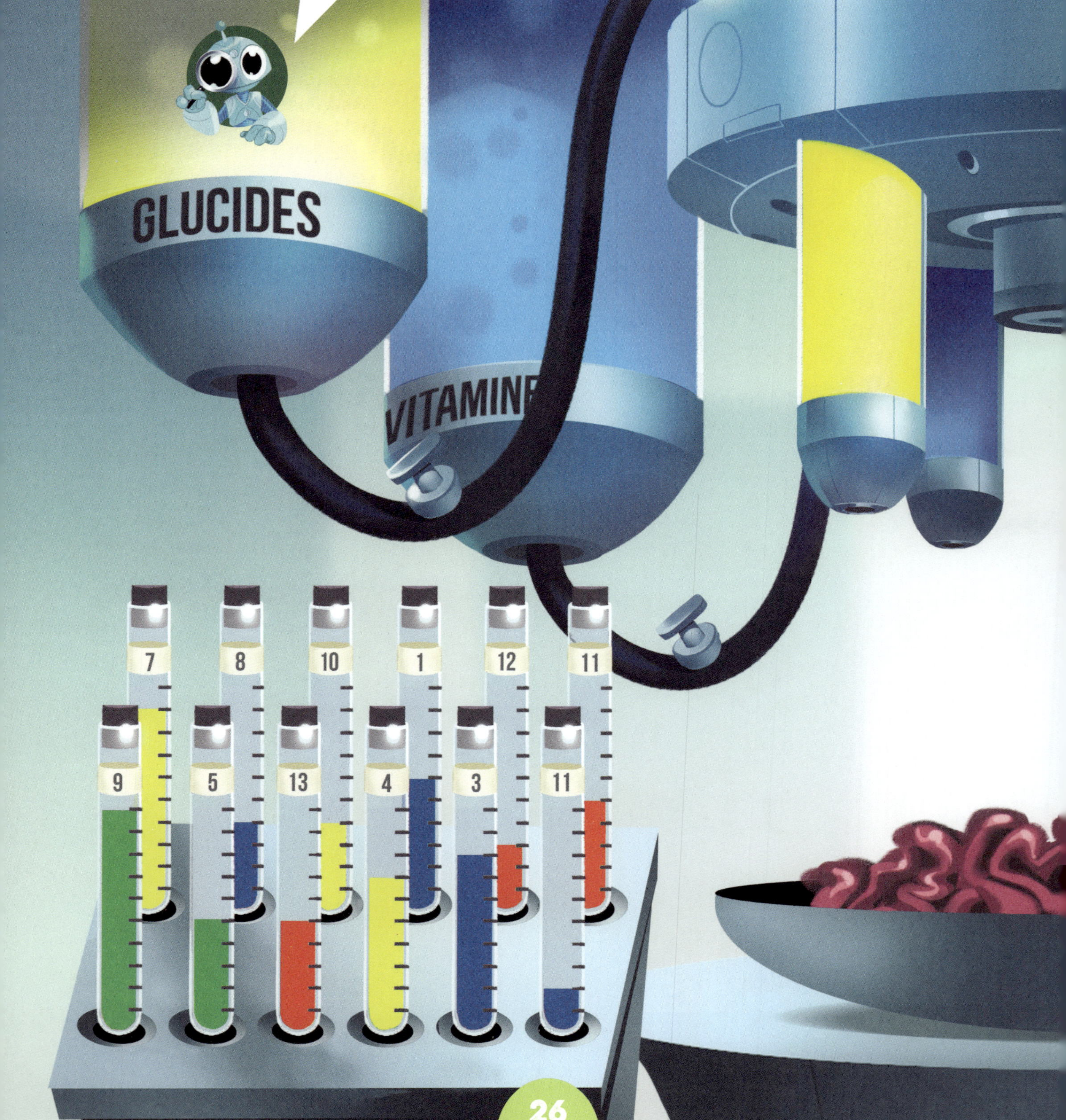

LE SAIS-TU ?

Les dinosaures mangent évidemment plus que les êtres humains. Pour les plus grands, on parle de centaines de kilos de NOURRITURE par jour ! Le *Mamenchisaurus hochuanensis*, par exemple, pouvait consommer quotidiennement jusqu'à 525 kg de végétaux !

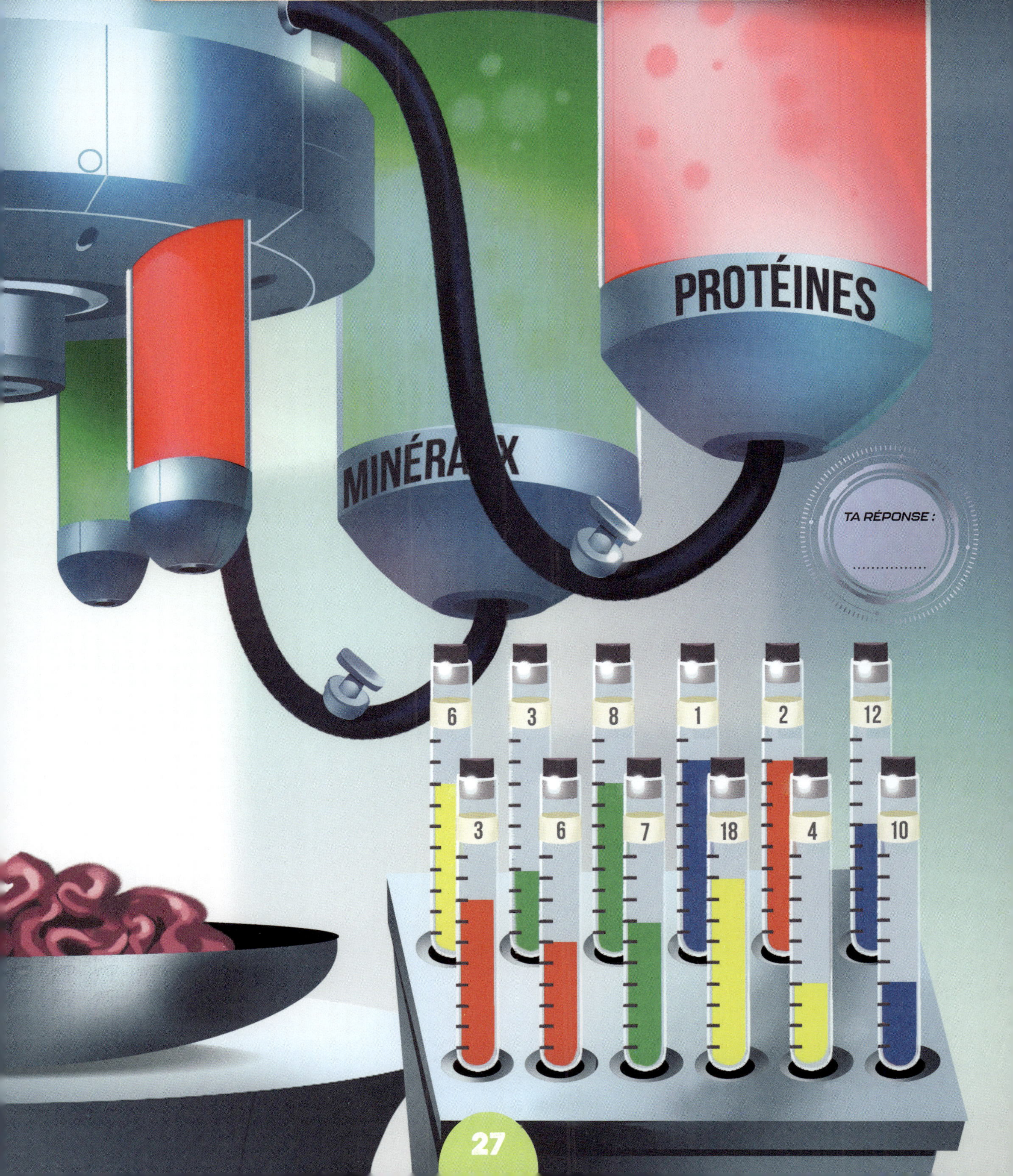

Parfait, le boîtier électrique fonctionne ! Mais il y a un autre problème à régler de toute urgence : l'unique tricératops du parc a disparu, et les carnivores pourraient bien s'en prendre à lui ! Il faut vite le retrouver pour le mettre en sécurité.

LE SAIS-TU ?

De nos jours, il est possible de découvrir des **EMPREINTES** de dinosaures dans la roche. Elles permettent aux paléontologues d'estimer la taille, la vitesse, mais aussi la manière dont marchaient les dinosaures !

TA RÉPONSE :
Regarde, des dinosaures sont passés par là !
38
10
12

Mission accomplie ! Grâce à toi, les dinosaures ont rejoint leur enclos et tout est rentré dans l'ordre.

DZ13 te ramène immédiatement à la réalité en faisant apparaître un portail spatio-temporel. Il est temps de rentrer à la maison et de revenir dans le présent. Sans doute pas pour très longtemps. Car DZ13 t'a prévenu(e) : une nouvelle aventure t'attend...

INDICES

Les indices sont classés par page et non par ordre de résolution des énigmes. Si tu as besoin d'un coup de pouce, va donc lire ceux qui sont associés à la page sur laquelle tu es bloqué(e) !

PAGES 8-11

INDICE 1 : N'oublie pas qu'un coin de page corné te permet d'accéder aux pages suivantes et/ou précédentes !

INDICE 2 : As-tu bien regardé les objets que DZ13 t'a confiés avant le début de la mission ? Tu peux les découper pages 43 à 46. L'un d'eux t'aidera !

INDICE 3 : DZ13 dit t'avoir confié une boussole avant le début de la mission. Tu peux la découper page 45.

INDICE 4 : Regarde les deux bâtiments face à toi, puis repère-les sur le plan.

INDICE 5 : Grâce au plan, tu sais que le bâtiment en forme d'aileron de requin, tout en haut sur la carte, est situé à l'extrémité nord du parc. À toi de bien positionner ta boussole pour que l'aiguille du nord (N) pointe vers le nord du parc, c'est-à-dire vers ce même bâtiment.

INDICE 6 : Maintenant que ta boussole est dans la bonne position, repère le sud (S) et l'est (E). Le chemin que tu dois prendre se situe au sud-est, c'est-à-dire entre le sud et l'est. Va vite vérifier ta réponse grâce à la grille de validation de DZ13, page 42.

PAGES 12-13

INDICE 1 : As-tu bien regardé les objets que DZ13 t'a confiés avant le début de la mission ? Tu peux les découper pages 43 à 46. L'un d'eux t'aidera !

INDICE 2 : DZ13 dit t'avoir confié des fiches d'informations au début de la mission. Tu peux les découper page 43.

INDICE 3 : As-tu remarqué qu'un nombre est inscrit sur le flanc du tricératops ? Dépêche-toi de vérifier ta réponse grâce à la grille de validation de DZ13, page 42.

PAGES 14-15

INDICE 1 : As-tu bien regardé les objets que DZ13 t'a confiés avant le début de la mission ? Tu peux les découper pages 43 à 46. Plusieurs t'aideront !

INDICE 2 : DZ13 dit t'avoir confié un badge déchiqueté avant le début de la mission. Tu peux découper tous les morceaux page 43.

INDICE 3 : Reconstitue le badge comme un puzzle !

INDICE 4 : L'un des côtés du badge représente le logo du parc. Tu l'as certainement vu en arrivant.

INDICE 5 : D'un côté du badge, il y a le logo du parc, qui est un fossile, mais il y a certainement une information importante de l'autre côté. Coller les différents morceaux entre eux avec du ruban adhésif pourra t'aider ! Vérifie vite ta réponse grâce à la grille de validation de DZ13, page 42.

PAGES 16-19

INDICE 1 : N'oublie pas qu'un coin de page corné te permet d'accéder aux pages suivantes et/ou précédentes !

INDICE 2 : Les écrans de vidéosurveillance, pages 18-19, te montrent des endroits précis que tu peux retrouver sur le plan, pages 16-17. Ils te permettent de localiser précisément les dinosaures que tu cherches.

INDICE 3 : Une fois que tu as localisé un dinosaure, trace le chemin exact qu'il doit prendre pour rejoindre son enclos. Ce chemin doit passer par tous les endroits que te montrent les écrans de vidéosurveillance des pages 18-19.

INDICE 4 : DZ13 a trouvé la première partie du chemin que doit prendre l'herbivore pour rejoindre son enclos (image à droite). Continue sur cette lancée !

INDICE 5 : Le chemin emprunté par chaque dinosaure est particulier, il ressemble à un chiffre. Tu peux vérifier ta réponse grâce à la grille de validation de DZ13, page 42.

PAGES 20-21

INDICE 1 : Sur les cinq chemins possibles, tu ne dois en emprunter qu'un seul. Lis bien les conseils de DZ13 pour choisir le bon.

INDICE 2 : Tous les chemins sont différents. Utilise chaque information que te donne DZ13 pour les éliminer jusqu'à ce qu'il n'en reste qu'un seul.

INDICE 3 : DZ13 te donne trois informations : il faut un chemin en béton, étroit et où au moins deux variétés de plantes poussent. Avec la première information, tu peux déjà éliminer les chemins 31 et 11, puisqu'ils sont en terre ! Utilise les deux autres critères pour identifier le bon chemin et va vite vérifier ta réponse grâce à la grille de validation de DZ13, page 42.

PAGES 22-23

INDICE 1 : As-tu bien regardé les objets que DZ13 t'a confiés avant le début de la mission ? Tu peux les découper pages 43 à 46. Certains t'aideront !

INDICE 2 : DZ13 dit t'avoir confié des barres métalliques avant le début de la mission. Tu peux les découper page 45.

INDICE 3 : Les barres métalliques te permettront de te barricader, encore faut-il les placer correctement. DZ13 a déjà placé les deux premières (image à droite), continue sur cette lancée !

INDICE 4 : As-tu remarqué l'énorme machine à l'intérieur du laboratoire, page 22 ? Elle te sera peut-être utile...

INDICE 5 : C'est une machine de pliage de métaux. Utilise-la pour plier la plus grande barre.

INDICE 6 : Une fois toutes les barres correctement placées, un nombre apparaît. Vérifie ta réponse grâce à la grille de validation de DZ13, page 42.

PAGES 24-25

INDICE 1 : As-tu bien regardé les objets que DZ13 t'a confiés avant le début de la mission ? Tu peux les découper pages 43 à 46. Certains t'aideront !

INDICE 2 : DZ13 dit t'avoir confié des bouts de câble avant le début de la mission. Tu peux les découper page 45.

INDICE 3 : DZ13 a positionné les premiers bouts de câble (image à droite), continue sur cette lancée !

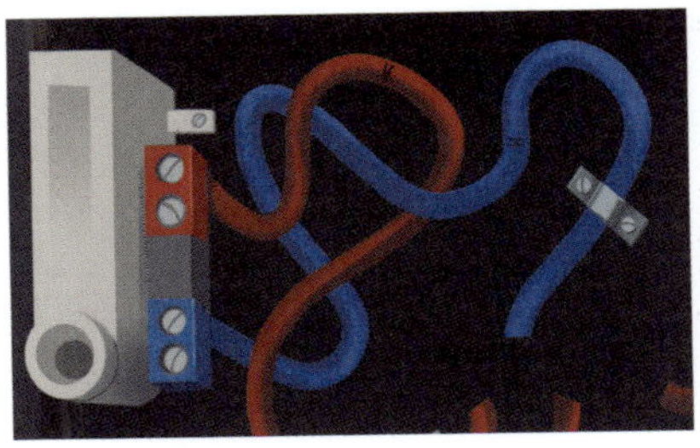

INDICE 4 : As-tu remarqué les lettres inscrites sur les bouts de câble ?

INDICE 5 : Suis les câbles de gauche à droite pour lire les lettres dans le bon ordre.

INDICE 6 : En mettant les lettres du câble rouge bout à bout, puis celles du câble bleu, tu obtiens un nombre. Va vite vérifier ta réponse grâce à la grille de validation de DZ13, page 42.

PAGES 26-27

INDICE 1 : As-tu bien regardé les objets que DZ13 t'as confiés avant le début de la mission ? Tu peux les découper pages 43 à 46. Certains t'aideront !

INDICE 2 : DZ13 dit t'avoir confié des fiches d'informations au début de la mission. Tu peux les découper page 43.

INDICE 3 : Pour appâter les carnivores, tu as besoin de 15 unités de protéines (liquide rouge) et de 9 unités de minéraux (liquide vert).

INDICE 4 : Pour savoir quelle quantité de liquide chaque fiole contient, observe les traits de graduation. Par exemple, cette fiole contient 4 unités de vitamines.

INDICE 5 : Pour obtenir 15 unités de protéines, une seule fiole rouge ne suffit pas, il faut en additionner plusieurs. Pareil pour les minéraux.

INDICE 6 : Pour obtenir la bonne quantité de minéraux, tu as besoin de la fiole verte n° 3 et qui contient 4 unités de minéraux. Cherche désormais la fiole complémentaire qui te permettra d'obtenir 9 unités de minéraux.

INDICE 7 : Avec la fiole verte n° 3, il te manque encore 5 unités pour parvenir à 9 unités de minéraux. Or, une seule fiole contient 5 unités de minéraux : la n° 5. Tu viens donc de trouver les deux fioles qui te permettent d'obtenir la bonne quantité de minéraux ! Procède de la même façon pour les protéines.

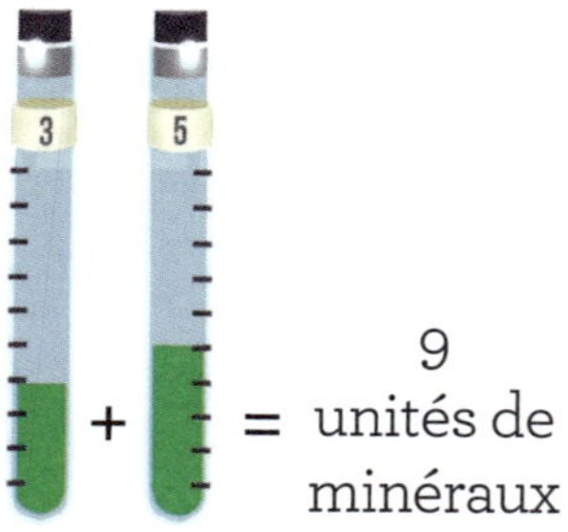

INDICE 8 : Tu as trouvé les quatre fioles nécessaires pour préparer l'appât des carnivores ? Additionne les chiffres qui se trouvent sur leurs étiquettes. Vérifie ta réponse grâce à la grille de validation de DZ13, page 42.

PAGES 28-29

INDICE 1 : As-tu bien regardé les objets que DZ13 t'as confiés avant le début de la mission ? Tu peux les découper pages 43 à 46. Certains t'aideront !

INDICE 2 : DZ13 dit t'avoir confié des fiches d'informations au début de la mission. Tu peux les découper page 43.

INDICE 3 : Les cinq dinosaures qui sont passés par là ont des empreintes très ressemblantes, mais un seul chemin te mènera au tricératops que tu cherches. Va vite vérifier ta réponse grâce à la grille de validation de DZ13, page 42.

SOLUTIONS

Les solutions sont classées par page et non par ordre de résolution des énigmes. Si tu veux connaître la réponse à une énigme, va donc lire celle qui est associée à la page sur laquelle tu es bloqué(e) !

PAGES 8-11 :

DZ13 t'indique que pour rejoindre le secteur B, il faut prendre la direction sud-est. Grâce au plan, tu peux voir que le nord pointe vers le grand bâtiment en forme d'aileron de requin. Pour t'aider à te repérer, tu peux utiliser la boussole que DZ13 t'a confiée avant le début de la mission.
L'est se trouve à droite du nord, le sud à l'opposé. Pour trouver la direction sud-est, il faut donc emprunter le chemin situé entre le sud et l'est. C'est le panneau 24 qui t'indique ce chemin, va donc page 24 pour rejoindre le secteur B !

PAGES 12-13 :

Tu dois réussir à trouver le tricératops parmi tous les dinosaures. Pour savoir à quoi ressemble un tricératops, tu peux regarder la boîte à outils page 43.

Le tricératops est caché ici :

Si tu l'observes bien, tu peux remarquer que le nombre 20 est inscrit sur son corps. Rends-toi vite page 20 pour sauver l'unique tricératops du parc !

PAGES 14-15 :

Parmi les objets que DZ13 t'as confiés avant le début de la mission, il y a plusieurs morceaux d'un badge qu'il faut reconstituer comme un puzzle. Il s'agit d'un badge du parc, il y a donc son logo dessus. Regarde les pages 8-9, le logo est présent sur les portes du parc. Une fois reconstitué, le badge devrait ressembler à ça :

Fixe les morceaux entre eux avec du ruban adhésif et retourne le badge. Tu découvriras le nombre 23. Vite, rends-toi page 23 pour entrer dans le laboratoire.

PAGES 16-19 :

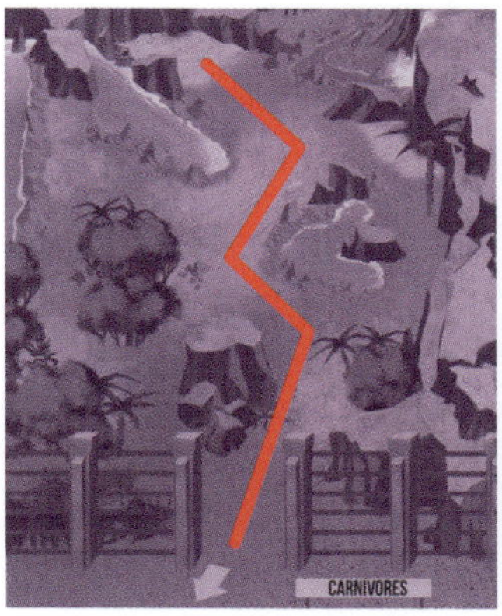

Ton but est de ramener deux dinosaures vers leur enclos respectif. Commence par le carnivore. En regardant les écrans de vidéosurveillance de la page 18, on peut voir qu'il se trouve près de plusieurs roches avec du sable et de l'eau, c'est ton point de départ. Page 16, tu peux identifier ce lieu sur le plan du parc et tracer son trajet de retour jusqu'à l'enclos, en passant par tous les endroits montrés par les écrans. Le tracé formé par tous les points de passage dessine le chiffre 3.

Fais de même avec l'herbivore qui se trouve proche d'une zone où sont situés quatre arbres.
Le tracé du retour vers l'enclos de l'herbivore forme le chiffre 1.

Rends-toi page 31 au plus vite ! Tu y découvriras le portail spatio-temporel.

PAGES 20-21 :

Pour trouver le bon chemin à suivre, il faut lire les conseils de DZ13. En premier, il te dit qu'il faut choisir un chemin en béton, tu peux donc éliminer le chemin 31 et le chemin 11, qui sont tous deux en terre. Ensuite, DZ13 t'indique de choisir un chemin étroit. Le chemin 29 est un peu large, ce n'est donc pas le bon. Enfin, le bon chemin doit être bordé de deux variétés de plantes différentes, ce n'est pas le cas du chemin 26 qui est jonché de plantes identiques. Le bon chemin est donc le chemin 14. Va le plus rapidement possible page 14 !

PAGES 22-23 :

Parmi les objets que DZ13 t'a donnés au début de l'aventure, il y a plusieurs barres métalliques qui peuvent servir à te barricader dans le laboratoire. Pour bien placer ces barres, il faut qu'elles soient exactement à la bonne taille pour rentrer dans les fentes de la porte. Pour cela, l'une d'elles doit être pliée en deux. Une fois les barres correctement placées, tu obtiendras ceci :

Le nombre 26 apparaît. Rends-toi immédiatement page 26.

PAGES 24-25 :

Pour rétablir le courant dans l'enclos, il faut que tu utilises les morceaux de câble rouges et bleus à découper page 45. Tu pourras alors réparer le câble rouge et le câble bleu.
Si tu regardes bien, le long de ces câbles se trouvent des lettres qui constituent un mot. Sur le câble rouge, on peut lire les lettres V, I, N, G et T ; sur le câble bleu, les lettres H, U, I et T. Vite, file page 28 pour continuer l'aventure !

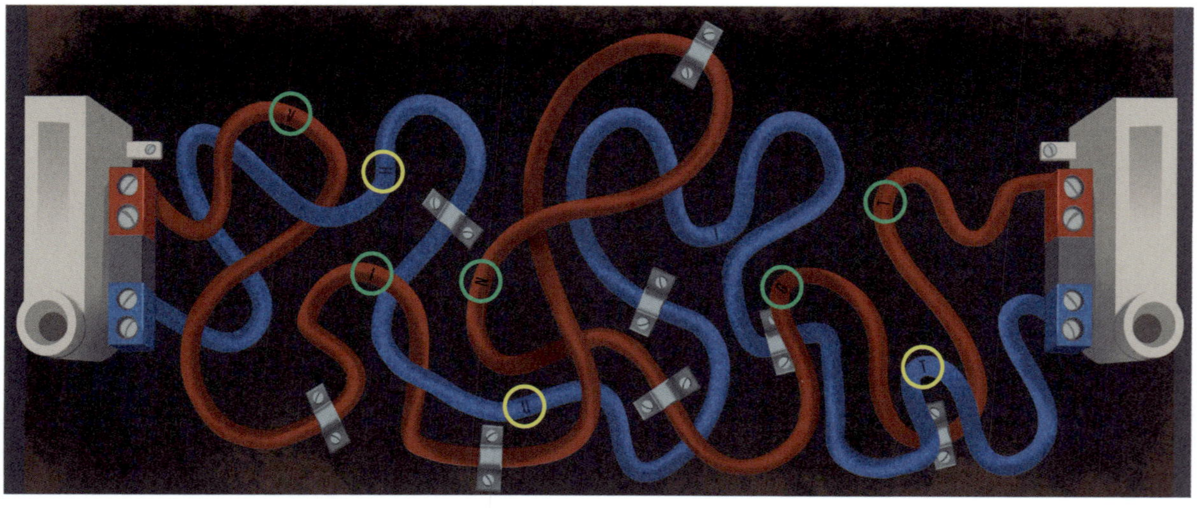

PAGES 26-27 :

Pour savoir comment préparer un appât pour les carnivores, il faut tout d'abord que tu regardes les fiches d'informations qui se trouvent dans la boîte à outils, page 43. Grâce à elles, on sait que la nourriture de substitution des carnivores est constituée de 15 unités de protéines et de 9 unités de minéraux.
Avec les couleurs présentes sur la machine, on sait que les protéines sont rouges et que les minéraux sont verts. Il faut donc réussir à trouver les bonnes fioles rouges et les bonnes fioles vertes.
Ensuite, pour savoir quelles fioles utiliser, il faut regarder quelle quantité de liquide elles contiennent. Pour cela, observe les graduations présentes sur chacune des fioles et jusqu'à quel trait monte le liquide à l'intérieur.

La fiole rouge qui porte l'étiquette n° 2, à droite de la machine, contient 9 unités de protéines, et celle qui porte l'étiquette n° 6, également à droite, en contient 6. Avec ces deux fioles, tu obtiens 15 unités de protéines.

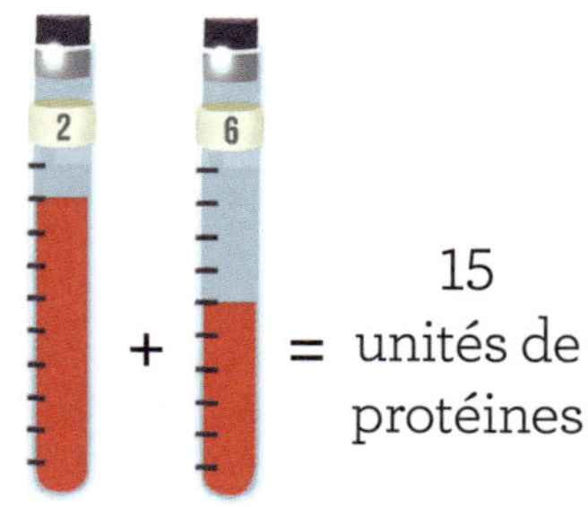

La fiole verte qui porte l'étiquette n° 3, à droite de la machine, contient 4 unités de minéraux, et celle qui porte l'étiquette n° 5, à gauche de la machine, en contient 5. Avec ces deux fioles, tu obtiens 9 unités de minéraux.

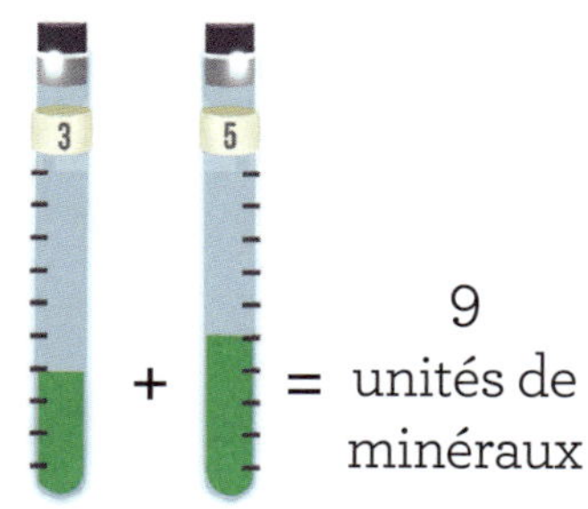

Les bonnes fioles portent donc les étiquettes n° 2, 6, 3 et 5. En additionnant ces quatre chiffres, on obtient le nombre 16. Rends-toi page 16, la suite de l'aventure t'attend !

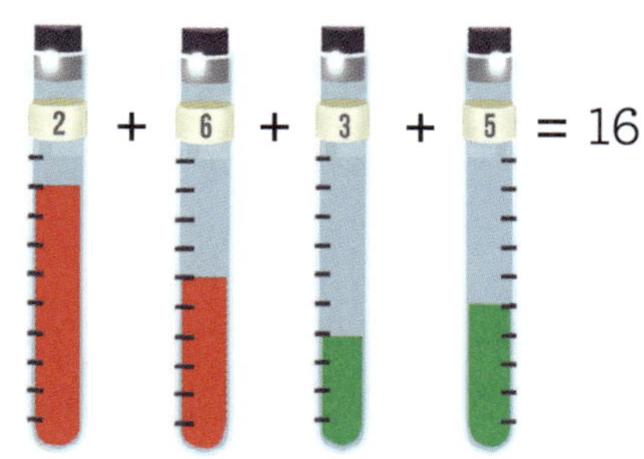

PAGES 28-29 :

Tu dois au plus vite retrouver le tricératops pour le mettre en sécurité.
Compare les différentes empreintes avec celles que tu vois sur les fiches à ta disposition dans la boîte à outils, page 43, et tu en déduiras que le chemin n° 12 est le seul à avoir été emprunté par un tricératops. Rends-toi au plus vite page 12 pour le retrouver !

GRILLE DE VALIDATION

As-tu trouvé la bonne réponse à l'énigme ?

Pour le savoir, demande à DZ13 le robot ! Il a réussi à récupérer une grille qui te permet de vérifier chaque réponse.

COMMENT FAIRE ? Par exemple, si tu penses que la solution à l'énigme des pages 24-25 est 19, cherche la colonne « pages 24-25 » et la ligne « 19 ». Si, à la croisée des deux, tu trouves un pouce tourné vers le haut, c'est gagné et tu peux donc aller page 19, où t'attend la suite de la mission !
En revanche, si tu trouves un pouce tourné vers le bas, cela signifie que tu t'es trompé(e) : tu dois donc vite retourner pages 24-25 pour retenter ta chance.

PAGE OÙ SE TROUVE LA SUITE DE LA MISSION	PAGES DE L'ÉNIGME À RÉSOUDRE								
	8-11	12-13	14-15	16-19	20-21	22-23	24-25	26-27	28-29
9	👎	👎	👎	👎	👎	👎	👎	👎	👎
10	👎	👎	👎	👎	👎	👎	👎	👎	👎
11	👎	👎	👎	👎	👎	👎	👎	👎	👎
12	👎	👎	👎	👎	👎	👎	👎	👎	👍
13	👎	👎	👎	👎	👎	👎	👎	👎	👎
14	👎	👎	👎	👎	👍	👎	👎	👎	👎
15	👎	👎	👎	👎	👎	👎	👎	👎	👎
16	👎	👎	👎	👎	👎	👎	👎	👍	👎
17	👎	👎	👎	👎	👎	👎	👎	👎	👎
18	👎	👎	👎	👎	👎	👎	👎	👎	👎
19	👎	👎	👎	👎	👎	👎	👎	👎	👎
20	👎	👍	👎	👎	👎	👎	👎	👎	👎
21	👎	👎	👎	👎	👎	👎	👎	👎	👎
22	👎	👎	👎	👎	👎	👎	👎	👎	👎
23	👎	👎	👍	👎	👎	👎	👎	👎	👎
24	👍	👎	👎	👎	👎	👎	👎	👎	👎
25	👎	👎	👎	👎	👎	👎	👎	👎	👎
26	👎	👎	👎	👎	👎	👍	👎	👎	👎
27	👎	👎	👎	👎	👎	👎	👎	👎	👎
28	👎	👎	👎	👎	👎	👎	👍	👎	👎
29	👎	👎	👎	👎	👎	👎	👎	👎	👎
30	👎	👎	👎	👎	👎	👎	👎	👎	👎
31	👎	👎	👎	👍	👎	👎	👎	👎	👎

LA BOÎTE À OUTILS DE DZ13

ANKYLOSAURE

LIEU DE VIE :
Amérique du Nord

SIGNIFICATION DU NOM :
lézard rigide

TAILLE :
jusqu'à 7 mètres de long

POIDS :
jusqu'à 6 tonnes

ÉPOQUE :
il y a 66 millions d'années, Crétacé

ALIMENTATION :
herbivore

NOURRITURE DE SUBSTITUTION :
12 vitamines 6 glucides

TRICÉRATOPS

LIEU DE VIE :
Amérique du Nord

SIGNIFICATION DU NOM :
tête à trois cornes

TAILLE :
jusqu'à 9 mètres de long

POIDS :
jusqu'à 8 tonnes

ÉPOQUE :
il y a 68 à 66 millions d'années, Crétacé

ALIMENTATION :
herbivore

NOURRITURE DE SUBSTITUTION :
12 vitamines 6 glucides

SPINOSAURE

LIEU DE VIE :
Afrique du Nord

SIGNIFICATION DU NOM :
lézard épineux

TAILLE :
jusqu'à 15 mètres de long

POIDS :
jusqu'à 7,5 tonnes

ÉPOQUE :
il y a 100 à 97 millions d'années, Crétacé

ALIMENTATION :
carnivore

NOURRITURE DE SUBSTITUTION :
15 protéines 9 minéraux

TYRANNOSAURE

LIEU DE VIE :
Amérique du Nord

SIGNIFICATION DU NOM :
lézard tyran

TAILLE :
jusqu'à 12 mètres de long

POIDS :
jusqu'à 7 tonnes

ÉPOQUE :
il y a 72 à 66 millions d'années, Crétacé

ALIMENTATION :
carnivore

NOURRITURE DE SUBSTITUTION :
15 protéines 9 minéraux

DIPLODOCUS

LIEU DE VIE :
Amérique du Nord

SIGNIFICATION DU NOM :
double poutre

TAILLE :
jusqu'à 32 mètres de long

POIDS :
jusqu'à 31 tonnes

ÉPOQUE :
il y a 157 à 145 millions d'années, Jurassique

ALIMENTATION :
herbivore

NOURRITURE DE SUBSTITUTION :
12 vitamines 6 glucides

VÉLOCIRAPTOR

LIEU DE VIE :
Mongolie

SIGNIFICATION DU NOM :
voleur agile

TAILLE :
jusqu'à 2 mètres de long

POIDS :
jusqu'à 17 kilos

ÉPOQUE :
il y a 75 à 71 millions d'années, Crétacé

ALIMENTATION :
carnivore

NOURRITURE DE SUBSTITUTION :
15 protéines 9 minéraux